Mädchen und andere komische Dinge

Weitere Titel des Autors:

Was mich fertig macht, ist nicht das Leben,
sondern die Tage dazwischen

Wenn das Leben ein Strand ist, sind die Frauen das Mehr

Beziehungswaise

Nele & Paul

Die Beste zum Schluss

Michel Birbæk

MÄDCHEN

und andere komische Dinge

Mit Bildern und Comics
von Frank Spong Plein

Baumhaus

MIX
Papier aus verantwortungsvollen Quellen
FSC® C006701

Dieser Titel ist auch als E-Book lieferbar.
Baumhaus Verlag in der Bastei Lübbe GmbH & Co. KG

Originalausgabe

Text- und Bildredaktion: Harald Kiesel
Einbandgestaltung: Tanja Østlyngen unter Verwendung von
Illustrationen von Frank Spong Plein, Köln
Gesamtgestaltung und Satz: Christina Krutz Design, Riedstadt
Gesetzt aus der MetaPlus und Hockey is Lif
Druck und Einband: CPI - Ebner & Spiegel, Ulm

Printed in Germany
ISBN 978-3-8339-3838-2

5 4 3 2 1

Sie finden uns im Internet unter www.baumhaus-verlag.de
Bitte beachten Sie auch www.luebbe.de

SMIL – DET SMITTER!

Lächle – das ist ansteckend!

DUFTE DINGE
SONNE
ERDBEEREN
SCHAUKEL
FRÖSCHE
FUSSBALL

DOOFE DINGE

Mädchen

Als ich klein war, hatten wir einen tollen Garten hinter unserem Haus. Erdbeeren, Schaukel, Frösche, es gab einfach alles. Mein Vater hatte sogar zwei Bäume so umgepflanzt, dass man sie als Tor benutzen konnte, was die Jungs echt dufte fanden. Dufte war damals das Wort für super, also spielten wir den ganzen Tag Fußball. Doch es gab auch Probleme, und die hießen meine Schwester Sussie und ihre blöden Freundinnen! Immer machten die sich mit ihren Puppen auf unserem Spielfeld breit.

Wir versuchten, es ihnen zu erklären. Wir zeigten ihnen den Ball, wir zeigten ihnen die Torbäume, wir gaben uns echt Mühe, doch die Mädchen kicherten nur. Also warfen wir ein paar Puppen über die Hecke in Olsens Garten, wo sie von seiner Dogge zerfetzt wurden.

Sofort rannte Sussie ins Haus und schon kam meine Mutter raus und gab mir drei Tage Fernsehverbot. Meine Mutter hatte mir beigebracht, Zivilgarage zu zeigen, also sagte ich ihr, dass ich ihr Verhalten so nicht ganz fair fand – und bekam noch eine Woche Küchendienst.

Als meine Mutter wieder im Haus war, warfen wir die restlichen Puppen über die Hecke, worauf Sussie ins Haus rannte, meine Mutter herauskam und mir Taschengeldsperre gab, bis die Puppen abbezahlt waren. Ich wollte wieder Zivilgarage zeigen, aber meine Mutter starrte mir in die Augen und ich beschloss zu schweigen.

Als sie wieder im Haus war, wollten wir endlich weiterspielen, die Mädchen hatten ja keine Puppen mehr. Doch kaum hatten wir angefangen zu kicken, stürmte Sussie aufs Spielfeld, schubste Bo um, schnappte sich den Ball und warf ihn über die Hecke, wo er von Olsens Dogge zerfetzt wurde!

Bo wollte sich auf Sussie stürzen, doch im letzten Moment sah ich meine Mutter am Fenster stehen. Sie stand einfach nur da und starrte zu uns raus. Ich sagte: »Bo, tu es nicht!« Doch Bo meinte, dass meine Mutter zu alt und langsam sei, sie würde ihn nie erwischen! Oh, Bo ... Er war ein guter Manndecker, aber über Mütter wusste er echt nicht Bescheid.

Schließlich konnten wir ihn damit beruhigen, dass wir sein Lieblingsspiel »Nazi & Däne« spielten, und das ging so: Bo war immer der Nazi. Er stolzierte durch den Garten und rief »Sweinehund! Sweinehund!« Dann sprangen wir Dänen aus dem Gebüsch und zogen ihm mit einem Ast was über, was wir echt dufte fanden.

Wir schlugen Bo zusammen und fragten nach Kriegsgeheimnissen. Wir hatten gerade Hitlers Aufenthaltsort aus ihm herausgeprügelt, als Bo auf Sussie zeigte und schrie: »Da! Das ist Eva! Sie kennt das Versteck!«

Wir jagten hinter Eva her, doch sie war schneller! Sie rannte ins Haus, und schon kam meine Mutter raus und fragte mich, ob ich einverstanden sei, wenn alle Jungs sofort den Garten verlassen und sich heute nicht mehr blicken lassen, und dazu zwei Wochen Taschengeldsperre! Sie hatte mir ja das mit der Zivilgarage beigebracht, also ... hielt ich den Mund.

Als meine Mutter wieder im Haus war, standen wir gedemütigt auf der Straße herum. Die Mädchen standen direkt hinter dem Gartenzaun und lachten uns aus. Die Jungs wurden echt sauer, und als Bo dann auch noch von einer Vespa gestochen wurde, meinte er, man müsste ein Examen statuieren – es sei Zeit für Krieg!

Aus den Kriegsfilmen, die ich nicht sehen durfte, wusste ich, dass immer der gewinnt, der einen Panzer hat. Also schlug ich vor, dass wir uns einen

besorgen, doch die Jungs konnten nicht so lange warten.

Wir wollten gerade über den Zaun springen, um uns die Mädchen zu schnappen, da merkte Niels, dass es fünf vor sechs war, und um sechs Uhr kam ja »Rauchende Colts«. Wir verschoben den Krieg auf morgen und rannten schnell nach Hause.

Als mein Vater abends in mein Zimmer kam, erzählte ich ihm, dass ich morgen in den Krieg musste, und fragte, ob Mädchen auch wirklich Menschen seien, so wie wir. Er meinte, dass Mädchen sich dieselbe Frage stellen würden, nur andersherum.

Als ich ihn fragte, was zum Teufel er damit meinte, sagte er, ich solle nicht fluchen, er wisse es verdammt noch mal auch nicht. Was er aber wüsste, sei, dass ich mein Problem besser gleich lösen sollte, denn wenn ich jetzt schon Krieg mit Mädchen hätte, würde ich wahrscheinlich später auch Krieg mit Frauen bekommen, und das wäre doch schade.

Langsam verlor ich den Überblick. »Mädchen, Frauen, wo ist denn da der Zusammenhang?«, fragte ich ihn.
Er grinste und sagte: »Sohn, in jedem Mädchen steckt eine Klassefrau, die herauswill. Du hilfst ihr besser dabei.«

Ich hatte keine Ahnung, wovon er sprach, aber plötzlich wurde mir klar, dass mein Vater in seinem Leben schon viele schreckliche Dinge gesehen haben musste, Dinge, die mir vielleicht auch bevorstanden, wenn ich nicht mit voller Entschlossenheit dagegen vorgehen würde!

Mein Vater meinte, ich solle mir das mit dem Krieg noch mal durch den Kopf gehen lassen und küsste mich gutenacht.

ALSO, ICH WÜRDE MIR DAS MIT DEM KRIEG GEGEN DIE MÄDCHEN NOCH MAL ÜBERLEGEN.
... WEISST DU ...,

WENN DU JETZT KRIEG MIT MÄDCHEN HAST, HAST DU SPÄTER AUCH KRIEG MIT FRAUEN ...
... UND DAS WÄRE DOCH SCHADE!

JETZT BIN ICH VERWIRRT! MÄDCHEN ... FRAUEN ...

... WO IST DENN DA DER ZUSAMMENHANG?

Kaum war mein Vater raus, kam meine Mutter rein. Sie erklärte mir, dass es falsch war, Dinge, die nicht mir gehörten, kaputt zu machen. Das könnte sie ja mal versuchen Olsens Dogge zu erklären, dachte ich mir, aber sagen tat ich: »Ja, Mami.«
Sie strahlte und küsste mich gutenacht.

Am nächsten Tag schlug ich den Jungs vor, dass wir uns mit den Mädchen an einem neutralen Ort treffen sollten, um uns irgendwie außerkrieglich zu einigen.

Bo meinte, das sei total überflüssig. Sein großer Bruder hätte ihm erst neulich erklärt, das Jungs und Mädchen sich sowieso nicht verstehen, Mädchen würden eine ganz andere Sprache sprechen! Alle nickten. Stimmt! Mädchen waren komisch! Ständig sagten sie Dinge wie »tut mir leid« – und sie würden sich sogar waschen ...?!

Ich fand, ich hatte alles versucht, um den Krieg zu verhindern, also legten wir uns auf die Lauer.

Es war ein heißer Tag.

Und nach fünf Stunden im Gebüsch dachte ich mir, dass so ein Krieg ganz schön öde ist, wenn keiner vorbeikommt.

Doch plötzlich kam Sussie in den Garten und begann unsere Erdbeeren aufzuessen. Wir kamen mit Gebrüll aus dem Gebüsch gefetzt und fielen über sie her.

BOA MÄDCHEN SIND SOOO KOMISCH! KÖNNEN KEIN FUSSBALL, SAGEN „ENTSCHULDIGUNG", UND ...
UND? UND?
ICH HAB GEHÖRT, SIE ... WASCHEN SICH!
WÄÄÄÄ!!!!

Wir hatten sie schon fast in den blauen Müllsack gestopft und wollten sie gerade über die Hecke werfen, als meine Mutter aus dem Haus gerannt kam. Sie warf mit Kartoffeln, und das nicht mal schlecht. Hinter mir hörte ich Bo aufschreien und direkt neben mir bekam Niels einen Kopftreffer. Oh ja, Krieg war eine dreckige Angelegenheit!

Da rannten die Jungs mit einem Mal weg und ich stand alleine da. Meine Mutter befahl mir, Sussie aus dem Sack zu lassen, und fragte, was zum Teufel hier los sei! Ich nannte ihr nur meinen Rang und Namen.

Zur Strafe verdonnerte sie mich zum Küchendienst. Also wurde ich in die

Küchenbaracke abgeführt, wo ich Kartoffeln schälen musste. Gott sei Dank waren nicht mehr viele da.

Beim Schälen erklärte sie mir, dass es besser für mich sei, wenn ich Mädchen als Verbündete sehen würde. Mädchen wüssten Dinge, die Jungs nie erfahren könnten, und wenn ich mich mit Mädchen anfreundete, würden die mein Leben bereichern. Oh Mann ... Bo hatte mich vor psychologischer Kriegsführung gewarnt, ich wusste aber echt nicht, wie lange ich das hier noch aushalten konnte.

Ich schälte schnell die Kartoffeln und fragte, ob ich zurück in meine Zelle könnte. Meine Mutter schüttelte den Kopf. Nein, erst müsste ich ihr verraten, was eigentlich mein Problem mit Mädchen sei.

Verraten? Wieder nannte ich ihr nur Rang und Namen, also beugte sie sich zu mir herunter und starrte mich an. Sie sagte nichts, starrte mich nur mit diesen großen grünen Augen an – doch diesmal nahm ich den Kampf auf! Ich starrte zurück.

So standen wir eine Ewigkeit, und gerade als sie kurz davor war zu blinzeln, sagte sie, dass auch sie mal ein Mädchen gewesen sei. Das war's! Meine Mutter eine von ihnen?! Ich brach zusammen und verriet alles!

Gebrochen kehrte ich aus der Kriegsgefangenschaft in mein Zimmer heim, wo ich mich ins Bett fallen ließ.

Als mein Vater abends in mein Zimmer kam, fragte ich ihn, ob Mädchen wirklich das Leben bereichern oder ob das nur eine Kriegslüge sei.
Er sagte: »Ja«, und küsste mich gutenacht.

Kaum war er raus, kam meine Mutter rein. Sie fragte mich, ob ich alles verstanden hätte und ob ich bereit sei, Mädchen eine Chance zu geben. Ich nickte und sagte, dass ich, na ja, eigentlich gar keine Probleme mit Mädchen hätte, wenn alle so wären wie sie. Ich meinte damit Kochen und mein Zimmer aufräumen, aber meine Mutter schaute mich plötzlich so merkwürdig an und dann bekam sie Knutschfilmaugen.

Ich verschwand schnell unter mein Kissen, aber sie erwischte mich und zog mich hervor, dann knutschte sie mich ab. Bäh! Vielleicht stimmte es ja, vielleicht steckte in jedem Mädchen eine Mutter, die rauswollte, um alles

abzuschlabbern! Und das sollte ich mögen? Kein Wunder, dass mein Vater sich einen Job gesucht hatte!

Als meine Mutter raus war, lag ich noch lange wach und dachte über Mädchen nach: Könnten wir wirklich Verbündete werden? Und wenn ja, wobei? Was sollte man schon mit Mädchen anfangen?? Ich dachte lange drüber nach und Stunden später war ich mir sicher. Es gab keine Sache auf der Welt, die mit Mädchen mehr Spaß machte als ohne sie. Erleichtert drehte ich mich auf die Seite und schlief endlich ein.

Und

DANN

war da noch ...

… Le Petit

Le Petit

An meinem fünften Geburtstag war ich der drittbeste Torwart der Welt. Vor mir lagen nur noch Sepp Maier und Gordon Banks, doch wenn ich so gut werden wollte wie die, musste ich jeden Tag trainieren. Das war einfach, denn wenn ich trainieren wollte, brauchte ich nur in den Garten zu gehen und »Niels« zu rufen.

Niels wohnte zwei Häuser weiter und war der drittbeste Stürmer der Welt. Vor ihm lagen nur noch Pelé und Gerd Müller, doch wenn er so gut werden wollte wie die, musste er jeden Tag trainieren.

Wir trainierten jeden Tag, alles lief spitze. Spitze war damals das Wort für dufte, doch dann begann der Ärger.

Bei einem Regenspiel holte ich mir eine Lungenentzündung, und als ich krank im Bett lag, wünschte ich mir im Fieberwahn einen Hund. Aus irgendeinem Grund, den ich nicht verstand, brachte meine Mutter mir am selben Tag einen Pudel mit nach Hause. Er war klein, weiß und hieß Le Petit.

UUUUND ...
TADAA!

Während ich im Bett lag, hechelte Le Petit blöde durchs Zimmer und kippte alles um. Statt jeden anzufallen, der mit Kamillentee ins Zimmer kam, pinkelte er nur auf den Teppich, wo, wie ich später merkte, meine Weingummis lagen.

Am nächsten Morgen ging ich mit Le Petit zu meiner Mutter und erinnerte sie daran, dass ich mir einen richtigen Hund gewünscht hatte, aber sie weigerte sich, ihn zurückzunehmen.

Ich versuchte es ihr zu erklären: Le Petit war dumm, zu nichts zu gebrauchen! Wenn man sich auf ihn setzte, brach er zusammen. Außerdem hatte er ein nervendes Kläffen, und wenn ich meine Sachen auf dem Boden liegen ließ, rochen die schon bald ganz anders. Meine Mutter meinte: »Geschenkt ist geschenkt!« Dann schickte sie mich wieder ins Bett.

Den ganzen Vormittag lag ich krank im Bett, aber still herumzuliegen und mir vorzustellen, wie Sepp Maier und Gordon Banks trainierten, war unmöglich! Also zog ich mich leise an und wollte gerade aus der Haustür schleichen, als Le Petit mich kläffend ansprang. Meine Mutter kam aus der Küche gerannt: Wo ich denn hinwolle, ich sei viel zu krank, um rauszugehen!

Ich erklärte ihr, dass ich von Maier und Banks zum Training gezwungen würde. Meine Mutter meinte, auf dem nächsten Elternabend würde sie sich die Alten von den beiden mal so richtig zur Brust nehmen! Dann steckte sie mich wieder ins Bett und wickelte mich in eine Decke.

Als mein Vater abends ins Zimmer kam, erklärte ich ihm alles und fragte, was ich tun sollte. Er schlug vor, dass ich mir einfach vorstellen sollte, dass ich trainiere und dabei immer besser werde. Er nannte das mentol und küsste mich gutenacht.

Kaum war er raus, kam meine Mutter rein. Sie erklärte mir, wieso es wichtig war, dass ich im Bett bleibe, und warum ich nicht aufstehen dürfte und ob mir klar war, dass sie mir den Hintern versohlen würde, wenn ich das Zimmer verlassen würde, solange ich Fieber hätte. Ich sagte »Ja, Mami«, stellte mir aber die ganze Zeit vor, dass sie Udo Lattek war, der mir nützliche Trainingstipps gab. Es funktionierte! Ich fühlte mich schon viel fitter! Udo küsste mich gutenacht.

Am nächsten Tag pflückte ich Flanken. Dann verkürzte ich Winkel. Dann lenkte ich Aufsetzer um den Pfosten und dann wurde ich Weltmeister – und dann wurde ich leider wach.

Mir war klar, dass ich noch ein paar Stunden reales Training brauchte, um meine mentole Leistung einzuholen, aber ich hatte ja Hausarrest. Ich musste irgendwie einen Weg finden, wie ich trainieren konnte, ohne rauszugehen. Den ganzen Vormittag dachte ich drüber nach. Und dann kam ich drauf!

Ich fragte Le Petit, ob er Lust auf ein Spielchen hätte. Nachdem ich ihm einen Hundekeks gegeben hatte, stimmte er zu.

Also schloss ich die Tür und legte damit das Spielfeld fest. Die Bettecke war mein Sechzehner und der kleine Teppich mein Fünfmeterraum.

Ich erklärte Le Petit, dass ich der drittbeste Torwart der Welt war und er der Ball, und dann malte ich ihm schwarze Sechsecke auf sein Fell.

Der Ball hechelte fröhlich und starrte wie besessen auf das Tor, wo die Hundekekse lagen. Alles klar. Der Schiri pfiff das Spiel an.

Zuerst war es ein leichtes Abtasten, doch nach und nach kam das Spiel in Schwung und tobte hin und her. Der Ball kam immer wieder unberechenbar vor meinen Kasten, aber mit meinem Stellungsspiel konnte ich das Schlimmste verhindern.

Kurz vor der Halbzeit war es dann so weit: Die erste Großchance! Der Ball kam als Aufsetzer wie ein Strich auf meine untere linke Ecke zugeschossen. Ich warf mich ihm in den Weg, doch plötzlich schlug der Ball einen Haken,

den ich so auch noch nicht gesehen hatte. Ich warf mich herum, aber zu spät: Der Ball rauschte ins Tor und fiel über die Hundekekse her. Mist!

Der Schiri pfiff zur Halbzeit. Mit gesenktem Kopf verschwand ich in die Kabine, aber es gab keine Vorwürfe von Udo. Er nahm mich nur zur Seite und sagte: »Vergiss nicht aufzuräumen.« Ich nickte, er hatte recht. Ich nahm mir vor, in der zweiten Halbzeit richtig aufzuräumen.

Die zweite Halbzeit begann mit einem Paukenschlag! Wieder kam so ein tückischer Steilpass! Ich rannte dem Ball entgegen, täuschte links an, und als der Ball wieder einen Haken schlug, ließ ich mich nach rechts fallen und vergrub ihn unter mir. Der Ball jaulte erschrocken auf.

Ich sprang auf die Beine und mit einem superweiten, genauen Abwurf leitete ich den Ausgleich ein. Eins zu eins, das Stadion drehte durch! Ich bekam stehende Rotationen!

Danach war der Gegner geschockt. Minutenlang trieb der Ball sich im sicheren Mittelfeld herum, ich hatte nichts zu tun.

Ich begann mich ein bisschen zu langweilen, also warf ich einen Hundekeks vor den Sechzehner. Sofort kam der Ball wieder gefährlich vor mein Tor! Mein Libero war bereits ausgespielt. Ich lief dem Gegner einsam entgegen, die Augen auf den Ball fixiert, in Gedanken schon beim Abwurf – und da zeigte es sich, wie viel ich noch lernen musste. Ich täuschte links an und ließ mich nach rechts fallen, doch diesmal schlug der Ball keinen Haken. Stattdessen sprang er im hohen Bogen über mich, das Tor war völlig frei, er musste nur noch über die Linie. Siebzigtausend Leute schrien auf.

Sollte meine Karriere hier zu Ende sein? Nein! Jetzt zahlte sich das Mentole

aus! Ich warf mich nach hinten und mit einem Reflex konnte ich den Ball gerade noch über die Latte fausten.

Der Ball jaulte zur Ecke, die Leute drehten durch! »Spitze! Spitze!!«, riefen sie und winkten wie verrückt. Ich winkte zurück und unterschrieb einen Zehnjahresvertrag bei Barcelona.

Die folgende Ecke wurde erst gar nicht mehr ausgeführt. Der Schiri pfiff ab. Eins zu eins. Schiedlich, friedlich, auch wenn der Ball winselnd herumhumpelte. Ich warf ihm einen Belohnungskeks zu und fragte ihn, ob er Lust auf ein Rückspiel hatte. Nach einem weiteren Keks stimmte er zu.

Strolchenalarm

Eines Abends rief meine Mutter mich in die Küche – also versteckte ich mich. Ich hatte nichts getan, doch das dachte ich oft. Meine Mutter rief: »Komm her!« Aber aus den Filmen, die ich nicht sehen durfte, wusste ich, dass man dann umgelegt wird – also blieb ich im Bettkasten.

Meine Mutter begann mich Freundchen zu nennen, aber wenn ich eines gelernt hatte, dann dass wir nie Freunde waren, wenn sie mich Freundchen nannte.

Schließlich fing sogar mein Vater an, nach mir zu rufen. Was war das? Hatten die was miteinander? In letzter Zeit waren die echt seltsam.
Sie flüsterten ständig, und wenn ich sagte, »wer flüstert der lügt«, lachten sie und stupsten sich an. Irgendwas ging hier vor sich, aber ich wusste echt nicht was.

Meine Eltern riefen weiter nach mir. Meine Mutter versprach mir sogar, nicht sauer zu sein, wenn ich jetzt rauskäme, und als ich nicht rauskam, sperrte sie mir mein Taschengeld. Vielleicht gab sie es Sussie, denn meine Schwester klopfte an den Bettkasten und meinte, ich solle rauskommen, es gäbe krasse Neuigkeiten. Krass war damals das Wort für spitze, also kroch ich aus dem Bettkasten, doch dann begann der Ärger richtig ...

Als wir in die Küche kamen, schimpfte meine Mutter mit mir, ganz ohne sauer zu sein. Als sie damit fertig war, erklärte sie mir, dass es Grund zur Freude gäbe, ich würde ein Brüderchen bekommen.
Ich sah sie entsetzt an.
Einen Bruder?? Oh nein!!
Erst neulich hatte ich sie belauscht, wie sie mit Tante Gertrude telefonierte.
Und genau da hatte meine Mutter gesagt, dass sie überschnappen würde,

wenn sie noch so ein Kind hätte.
Ich wollte nicht, dass meine Mutter überschnappt, ich fand sie so schon oft seltsam genug, also erklärte ich meinen Eltern, dass ich dagegen sei.

Meine Eltern lachten, und dann schauten sie sich an wie Kühe, die man

mit nassem Gras füttert – und dann küssten sie sich. Bäh! Vielleicht hatten die eine Wette verloren.

Als mein Vater später in mein Zimmer kam, fragte ich ihn, ob man die Sache nicht abblasen könnte. Er lachte, nein, dafür wäre es nun wohl zu spät, immerhin sei der Vogel schon im Anflug.
»Welcher Vogel?«, fragte ich.
Da erklärte mein Vater mir, dass es einen Vogel gab, der die Babys bringt, er nannte das Tier einen Strolch und küsste mich gutenacht.

Kaum war er raus, kam meine Mutter rein. Sie erklärte mir, dass ich mich freuen sollte, ein kleiner Bruder, das sei doch was Tolles.

Oh Mann, erst wollte sie kein Kind und jetzt freute sie sich. Waren das schon die ersten Anzeichen von Wahnsinn?
Sie küsste mich gutenacht.

Als sie raus war, dachte ich nach.
Bos Tante war verrückt geworden und lebte seitdem in einer Klinik. Da sollte meine Mutter bestimmt nicht hin, denn sie hatte mal gesagt, dass sie ohne mich nicht leben konnte. Und in eine Klinik wollte ich nicht, also wollte ich ihr noch ein paar Jahre mit mir hier geben. Außerdem, wenn sie nicht mehr da wäre, würde mein Vater wohl immer das Abendessen machen, und das, mein lieber Scholli, das hatte ich schon mal erlebt.

Am nächsten Morgen rief ich die Jungs zusammen und erklärte ihnen, dass der Strolch im Anflug sei und dass meine Mutter irre wird, wenn er hier landet. Wir mussten den Vogel also fangen, bevor er meinen Bruder abliefern konnte. Aber wie?

Bo meinte, wir sollten auf Nummer sicher gehen und meine Eltern gleich mit einfangen. Sein großer Bruder hatte ihm neulich erklärt, dass man nur Geschwister bekäme, wenn die Eltern was miteinander machten.
»Was denn?«, fragte ich.
Bo sagte, das wüsste er nicht so genau, aber sein großer Bruder hätte gesagt, später würden wir das alle tun – und zwar mit Mädchen.

Wir? Mit Mädchen???
Alle lachten.
Oh, Bo ... er war ein wirklich guter Freund, aber manchmal machte ich mir echt Sorgen um ihn.

Aus den Filmen, die ich nicht sehen durfte, wusste ich, dass man wilde Tiere mit einem Köder fängt, also banden wir Le Petit im Garten an einen Baum und legten uns auf die Lauer.

Es war ein heißer Tag. Und nach zwei Stunden im Gebüsch war mir klar, dass dieser Strolch irgendwie Wind von der Sache bekommen haben musste. Jemand hatte uns verpfiffen – aber wer?
In den Filmen, die ich nicht sehen durfte, wurde der Held oft von seinem besten

Freund verraten, also fragte ich Niels, was der Mist sollte. Er meinte, er hätte nichts damit zu tun. Bo müsse dahinterstecken!

Wir fielen mit Gebrüll über Bo her und wollten ihn gerade über die Hecke in Olsens Garten werfen, als wir sahen, wie meine Mutter aus dem Haus gerannt kam und fragte, was zum Teufel jetzt wieder los sei! Ich erklärte ihr, dass Bo uns verpfiffen hatte und deswegen der Strolch nicht kommen würde.
Sie sagte: »Was?«

Der Strolch, erklärte ich ihr, der Vogel, der die Babys bringt! Ach so, der, meinte sie, und dann sagte sie, na, der würde auf jeden Fall kommen.

»Ja, aber wann denn«, fragte ich, »und aus welcher Richtung?«
Sie sagte, das wüsste keiner so genau und jetzt sei Schluss mit dem Quatsch, ich sollte Le Petit sofort losbinden.
Für einen Moment wirkte sie schon ein bisschen verrückt, also beeilte ich mich, Le Petit zu befreien.

Als meine Mutter wieder im Haus war, standen wir ratlos im Garten herum. Niemand wusste, wie wir den Strolch fangen sollten. Wir wussten ja nicht mal, wie der aussah! Und wie brachte der meinen Bruder überhaupt ins Haus? Hatte der einen Schlüssel oder musste der durch den Kamin wie der Weihnachtsmann?

Da kam Sussie plötzlich in den Garten und meinte, sie wüsste, wo der Strolch sei, aber die Information wäre nicht billig. Wir kratzten alle unser Taschengeld zusammen, also verriet Sussie uns, dass der Strolch bei Frau Jensen in einem Käfig lebte. Frau Jensen wohnte nur drei Häuser weiter. Wir zogen sofort los, um uns die Sache anzuschauen.

Wir schlichen in Frau Jensens Garten und da, gleich hinter der Fensterbank, da saß der Strolch in einem Vogelkäfig und sang. Er war viel kleiner, als ich gedacht hatte, und je länger ich ihn anschaute, desto klarer wurde mir, dass meine Schwester vielleicht auch schon verrückt geworden war. Wie sollte so ein kleiner Vogel meinen Bruder tragen?

Bo meinte, das wäre jetzt auch egal, wir sollten auf Nummer sicher gehen, also klingelte Niels an der Haustür, und während Frau Jensen abgelenkt war, klauten wir den Käfig und rannten damit nach Hause.

Wir wollten gerade den Käfig über die Hecke in Olsens Garten werfen, als meine Mutter aus dem Haus gerannt kam – und diesmal war sie echt sauer! Sie warf wieder mit Essen, aber heute gab's Spaghetti – die Jungs freuten sich. Die stopften sich jeden Treffer in den Mund und versuchten in der Schusslinie zu bleiben.

Schließlich hatte meine Mutter dann aber doch alle vertrieben und ich stand mit ihr alleine da. Sie befahl mir, den Käfig loszulassen, also erklärte ich ihr, dass der Strolch unsere Familie zerstören wollte, aber das würde ich nicht zulassen. Meine Mutter meinte, dass sie langsam die Nase voll hätte. Konnte ich denn nicht mal zwei Tage am Stück brav sein?

Ich sollte mir ein Beispiel an meiner Schwester nehmen.
»Ich tue das alles doch nur für dich!«, rief ich, aber meine Mutter zwang mich, Frau Jensen den Strolch zurückzubringen, und dann gab es noch eine Woche Stubenarrest. Das Leben war manchmal echt ein Poloch!

Als mein Vater abends in mein Zimmer kam, fragte er mich, ob ich ein Problem mit Frau Jensens Kanarienvogel hätte. Kanarienvogel?? Jetzt ging mir aber ein Licht auf! Ich erklärte meinem Vater, dass Sussie auch schon ganz meschugge war, denn sie hatte Frau Jensens Kanarienvogel für einen Strolch gehalten, und für diese Info hatte sie sogar Geld verlangt, ha, typisch Mädchen! Total doof!

Mein Vater lachte und nannte meine Schwester ein tolles Mädchen.
Was?? Wurden denn hier jetzt alle verrückt??
Er küsste mich gutenacht.

Kaum war er raus, kam meine Mutter rein. Sie meinte, dass sie so was wie heute nie wieder erleben wollte.

Willkommen im Klub, dachte ich mir, aber sagen tat ich: »Ja, Mami.« Sie küsste mich gutenacht.

Als meine Mutter raus war, versuchte ich wach zu bleiben. Ich war total müde, aber die Sache spitzte sich zu. Irgendwo da draußen war der richtige Strolch im Landeanflug, meine Mutter war in Gefahr, also zog ich mich wieder an und kletterte aus dem Fenster. Gott, war es anstrengend mit Eltern. Ständig musste man irgendwas für sie tun.

Im Geräteschuppen war es dunkel, aber mit der Taschenlampe fand ich alle Sachen, die ich für die Strolchenfalle brauchte. Eine Kiste, eine Schnur und mein Tornetz. Ich trug alles in den

Garten. Dort band ich die Schnur um einen Ast, klemmte den Ast unter die Kiste und legte ein paar Süßigkeiten rein. Dann band ich mir das andere Ende der Schnur um das Handgelenk und legte mich im Gebüsch auf die Lauer.

Als ich am nächsten Morgen aufwachte, lag ich immer noch im Gebüsch, die Sonne war schon aufgegangen und irgendwas machte komische Geräusche. Ich schaute mich um. Die Kiste kroch fauchend über die Wiese. Ha! Meine Falle hatte funktioniert! Ich hatte den Strolch gefangen!! Ich sprang auf die Beine und rannte los.

Ich lief jubelnd durch die Nachbargärten und rief, dass meine Mutter jetzt doch nicht überschnappen würde, was die Jungs echt krass fanden. Sogar ihre Eltern kamen raus und wollten wissen, was los war. Als sie hörten, dass ich den Vogel gefangen hatte, der die Babys bringt, wollten die das unbedingt mit eigenen Augen sehen, also rannten wir zurück in unseren Garten.

Die Kiste kroch immer noch über den Rasen. Wir holten das Tornetz und stellten uns an die Kiste, dann nickte ich Bo zu. Bo hob die Kiste an und die Hölle brach los! Himmel, Tod und Teufel! Jørgensens Katze kam fauchend aus der Kiste gesprungen und sie war echt schlecht drauf. Bevor ich sie mit dem Tornetz fangen konnte, zerfetzte sie Bo und verschwand hinter die Garage.

Als mein Vater abends in mein Zimmer kam, erklärte ich ihm, dass ich mein Bestes gegeben hatte, aber es hätte nicht gereicht, um den Strolch zu fangen und meine Mutter zu retten, der Wahnsinn würde nun über unsere Familie hereinbrechen, aber ich wüsste echt nicht, was ich dagegen tun könnte.

Er meinte, das sei schon in Ordnung, das Leben sei eh ein bisschen verrückt. Er küsste mich gutenacht.

Kaum war er raus, kam meine Mutter rein. Sie erklärte mir, dass ich einen Monat Taschengeldsperre hätte, weil ich rausgegangen war, obwohl ich Stubenarrest hatte. Ich nickte bloß. Neulich hatte ich mir ausgerechnet, dass ich eh erst wieder in fünfundzwanzig Jahren Taschengeld bekommen würde.

Meine Mutter sah müde aus, und als sie mich fragte, wieso ich bloß immer so viel Mist bauen würde, erklärte ich ihr, dass ich doch nur verhindern wollte, dass sie zu Bos Tante in die Klinik musste, weil sie doch gesagt hatte, dass noch ein Kind sie verrückt machen würde. Plötzlich schaute sie mich so merkwürdig an und dann bekam sie Knutschfilmaugen. Oh nein! Ich verschwand schnell unter meine Bettdecke, aber sie erwischte mich und zog mich hervor, und dann ging's wieder los. Bäh! Wie man es auch machte, war es verkehrt! Entweder gab es Stubenarrest oder man wurde abgeschlabbert, ich wusste echt nicht, wie lange ich das noch aushalten konnte.

Als sie endlich raus war, lag ich noch lange wach und dachte nach. Ich hatte meiner Mutter versprochen, brav zu werden, aber zur Sicherheit beschloss ich, meinem Vater ein Kochbuch zu kaufen. Zufrieden drehte ich mich auf die Seite und schlief endlich ein.

Und

DANN

war da noch ...

… Søren

Mannopulation

Eines Tages rief mich meine Mutter, also versteckte ich mich. Sie rief immer weiter, aber ich wusste, was letztes Mal passiert war, also blieb ich im Wandschrank.
Schließlich entdeckte sie mich. Ich klammerte mich an die Kleiderstange, aber wie immer gewann sie und schleppte mich in die Küche, wo mein Vater auf uns wartete.

Meine Mutter setzte mich auf einen Stuhl und sagte, es wäre so weit – ich würde jetzt erwachsen werden. Ich sagte: »Ja, Mami«, und wartete gespannt, was sie sich diesmal hatte einfallen lassen, um an mein Taschengeld zu kommen.

Sie meinte, mein richtiges Leben würde jetzt beginnen, in der Schule würde ich fürs Leben lernen, das wäre toll, ich bräuchte also keine Angst zu haben. Schule? Ich schaute meinen Vater fragend an, aber er zuckte mit den Schultern. Ich bekam Angst.

Als mein Vater abends in mein Zimmer kam, meinte er, ich solle mir meine eigenen Gedanken machen, dann wäre die Schule gar nicht so schlimm. Und ich sollte da alle kennenlernen, Schule wäre nur wichtig fürs Leben, wenn man dort Freunde findet. Er küsste mich gutenacht.

Kaum war er raus, kam meine Mutter rein. Ich sollte alles vergessen, was mein Vater eben gesagt hatte, ihr persönlich würde es reichen, wenn ich Klassenbester werden würde. Sie küsste mich gutenacht.

Am nächsten Morgen fuhren sie mich zur Schule und wünschten mir viel Spaß. Ich ging los, um erwachsen zu werden. Ein paar Stunden später war ich es, und das war gar nicht so schlimm: Man musste in einem Zimmer sitzen, wo man mit den Jungs Fußballbilder tauschte und Mädchen an den Haaren zog. Manchmal schellte eine Klingel, dann mussten alle auf einen Hof raus, wo man Fußball spielte und Mädchen an den Haaren zog. Irgendjemand hatte sich bestimmt was dabei gedacht, aber ich wusste echt nicht was.

Gleich am ersten Schultag lernte ich Henning kennen. In jeder Pause spielten wir Fußball und versuchten immer in einer Mannschaft zu sein, denn die Sieger bekamen den Pausenkakao von den Verlierern bezahlt. Henning und ich mussten nie bezahlen, was wir echt töfte fanden. Töfte war damals das Wort für krass – doch es gab auch Ärger, und der hieß Søren.

Søren war schon drei Mal sitzen geblieben, daher war er drei Jahre älter als alle anderen. Er war auch drei Jahre größer und stärker und schmutziger als alle anderen, und auch wenn ich noch nicht viel herumgekommen war, so war ich mir sicher, dass Søren der dööfste Blödmann auf der Welt sein musste.

Er konnte null Fußball spielen! Seine Mannschaft verlor immer, weil er so blind war, aber niemand traute sich, ihn auszuwechseln.
Als Søren merkte, dass ich der drittbeste Torwart der Welt war, wollte er immer mit mir in einer Mannschaft spielen, aber als ich seinetwegen vier Pausen in Folge meinen Kakao selbst bezahlen musste, reichte es mir!
Als ich dran war, die Mannschaft zu wählen, wählte ich Søren nicht, obwohl er sich schon zu mir gestellt hatte.
Er fragte: »Ey, was soll das?!«
Ich sagte: »Äh, ich will Gratiskakao.«
Also boxte er mir in die Rippen.

Dann fing das Spiel an. Søren tauchte vor meinem Tor auf. Meine Rippen taten noch weh, also nahm ich ihm den Ball weg. Sofort boxte er mir in die Rippen, also nahm ich ihm beim nächsten Angriff wieder den Ball weg, worauf er mir wieder in die Rippen boxte. Ein blödes Spiel. Das wir allerdings gewannen und Søren musste meinen Kakao bezahlen. Als er mir den Kakao gab, sagte er: »Nach-der-Schule!!«

Nach der Schule lauerte Søren mir auf. Er boxte mir in die Rippen und ich schaute mich verwirrt um. Hier gab es doch gar keinen Ball, den ich ihm wegnehmen konnte. Also ließ ich mich einfach so hin und her schubsen.

Plötzlich ballte er die Faust, und als ich die Augen wieder öffnete, lag ich mit kaputter Brille und blutiger Lippe auf dem Rücken. Søren grinste zufrieden und ging. Ich stand auf und blutete den Heimweg voll.

Als mein Vater von der Arbeit kam und meine Lippe sah, wurde er sauer. Ich musste mich anziehen, wir würden zu Sørens Haus fahren, um seine Eltern kennenzulernen. Ich wollte Sørens Eltern gar nicht kennenlernen, aber mein Vater bestand darauf.

Sørens Vater öffnete die Tür. Mein Vater zeigte ihm meine kaputte Brille und Sørens Vater war außer sich! Er tobte herum und schrie Søren an, ob der wüsste, wie teuer so eine Brille sei.

Dann gab er Søren voll 'ne Maulschelle, mein Vater ging sofort dazwischen, aber ich stand nur da und dachte: Joh! Sørens Vater gab meinem Vater Geld, dann fuhren wir zu meinem Brillenmann und kauften mir eine neue Brille.

Am nächsten Tag lauerte Søren mir nach der Schule auf.
Er sagte: »Nimm-die-Brille-ab!«
Ich sagte: »Nö.«
Also nahm er sie mir ab und schlug mir auf die Lippe.
Als ich auf dem Boden lag, setzte er mir die Brille wieder auf, warnte mich, nie wieder seine Eltern zu besuchen, trat mir ein paarmal in die Rippen und ging.
Ich stand auf und folgte der gestrigen Blutspur.

Als mein Vater von der Arbeit kam und meine Lippe sah, wurde er sehr schweigsam. Er wusch mir das Blut ab und hielt mich ein bisschen in seinen starken Armen.

Mein Vater war früher Boxer gewesen, und ich fragte ihn, ob er nicht Lust

hätte, damit mal wieder so ein bisschen anzufangen ...
Aber er meinte, fürs Boxen sei es noch zu früh. Ich fand, das sollte jemand mal Søren erklären, aber gut.

Als meine Mutter von der Arbeit kam und meine Lippe sah, wurde sie sauer, also fuhren wir zu Sørens Haus, damit auch sie seine Eltern kennenlernen konnte. Als Sørens Vater die Tür öffnete, legte meine Mutter gleich richtig los. Sørens Vater war außer sich! Er schrie Søren an, doch als Søren sagte, dass er mir vorher die Brille abgenommen hatte, sagte Sørens Vater: »Echt?!«, dann tätschelte er den Kopf seines Blödmannsohns, murmelte etwas von Jugendstreichen und schloss die Tür.

Meine Mutter warf der Haustür noch ein paar Dinge ins Gesicht, wofür ich ohne Essen ins Bett gemusst hätte, und dann fuhren wir wieder heim.

Als mein Vater abends in mein Zimmer kam, entschuldigte er sich. Ich wusste nicht wofür, aber er meinte, dass ich morgen zu Hause bleiben könnte. Er küsste mich gutenacht.

Kaum war er raus, kam meine Mutter rein. Ich sollte alles vergessen, was mein Vater eben gesagt hatte. Morgen sei wieder Schule und ich sollte mich nie am Lernen hindern lassen. Sie küsste mich gutenacht.

Am nächsten Tag lauerte Søren mir nach der Schule auf. Er nahm mir die Brille ab, schlug mir auf die Lippe, setzte mir die Brille wieder auf, warnte mich, nie wieder bei ihm zu Hause aufzutauchen, trat mir noch ein paarmal in die Rippen und ging. Ich folgte der Blutspur.

Als mein Vater von der Arbeit kam und meine Lippe sah, setzte er sich zu mir. Er erklärte mir, dass dieser Søren ein dummer Junge sei, und jetzt sei es unsere Aufgabe zu beweisen, dass wir schlauer seien als der.
Ich dachte kurz nach und sagte: »2 + 2 = 4«, aber mein Vater meinte, das sei nicht brutal genug, wir sollten uns Gedanken machen ...

Ich ging auf mein Zimmer, machte mir Gedanken und schließlich kam ich drauf.

Ich würde einfach Le Petit mit zur Schule nehmen, und zwar an der Leine, wie bei einem richtigen Hund!

Ich rief Le Petit! Er kam fröhlich hechelnd um die Ecke gerannt und setzte sich vor meinen Füßen hin. Hm ... je länger ich ihn anschaute, desto klarer wurde mir, dass es so vielleicht wenig Sinn hatte – ich musste Le Petit erst abrichten!

Ich nahm ihn auf den Schoß, streichelte ihn und erklärte ihm alles. Er hechelte fröhlich. Also zeigte ich ihm ein Klassenfoto, deutete auf Søren und schlug Le Petit auf die Schnauze.
Er winselte und wollte unters Bett verschwinden, aber ich hielt ihn fest.
Ich schlug ihn noch mal. Diesmal bleckte

er die Zähne und fletschte mich an.
Hm! Schon besser.

Ich wollte gerade mit dem Abrichten weitermachen, als mein Vater ins Zimmer kam. Le Petit bleckte die Zähne und fletschte ihn an. Mein Vater lachte und klatschte einmal in die Hände – Le Petit verschwand winselnd unter das Bett.
Mein Vater setzte sich zu mir und erklärte mir, dass es mehrere Möglichkeiten gäbe, mit dummen Leuten klarzukommen, und was ich davon halten würde, wenn wir Søren nach Strich und Faden mannopulieren.
Ich sagte: »Töfte.«

Dann fuhren wir zu meinem Brillenmann, obwohl meine Brille gar nicht kaputt war …

Beim Brillenmann kaufte mein Vater eine Tüte voll mit alten Brillen, und auf dem ganzen Heimweg lachte er so sehr, dass ich seinen Goldzahn sehen konnte. Ich fragte ihn, ob wir Søren gerade mannopulieren. Er nickte und meinte, das Wichtigste sei, dass ich mir nicht anmerken ließe, dass wir einen Plan hätten.

Ich sagte, na ja, das würde ich wohl hinkriegen. Ich versprach ihm, mich ganz normal zu verhalten.

Am nächsten Tag lauerte Søren mir nach der Schule auf. Ich verhielt mich ganz normal, also nahm er mir die Brille ab und schlug mir auf die Lippe, und das alles, ohne zu merken, dass er nur mannopuliert wurde! – Ein Blödmann war das!!
Er setzte mir die Brille wieder auf und ging. Ich blutete den Heimweg voll.
So weit lief alles nach Plan.

Als mein Vater von der Arbeit kam und meine Lippe sah, nahm er eine alte Brille aus der Tüte und schlug mit dem Hammer drauf – dann fuhren wir zu Sørens Vater.

Als Sørens Vater die kaputte Brille sah, schrie er Søren an und gab uns Geld. Dann fuhren wir wieder nach Hause, wo mein Vater das Geld in mein Sparschwein steckte. Er fragte: »Alles klar?«
Ich nickte, obwohl ich kein Wort verstanden hatte.

Am nächsten Tag lauerte Søren mir nach der Schule auf. Er nahm mir vorsichtig die Brille ab und wickelte sie in eine Serviette. Dann legte er sie weit beiseite und schlug mir auf die Lippe.
Als er mir die Brille wiedergab, prüften wir sie auf Schrammen, sie war wie neu. Ich nickte ihm anerkennend zu und machte mich auf den Heimweg.

Als mein Vater von der Arbeit kam und meine Lippe sah, nahm er eine alte Brille aus der Tüte und schlug mit dem Hammer drauf. Dann fuhren wir zu Sørens Vater. Als Sørens Vater die kaputte Brille sah, schrie er Søren an und gab uns Geld.

Dann fuhren wir wieder nach Hause, wo mein Vater das Geld in mein Sparschwein steckte. So langsam fand ich Mannopulieren echt töfte!

Drei Tage später stand ich stundenlang nach der Schule herum, doch Søren kam nicht. Ich dachte: Mist! Mir fehlten nur noch vier Brillen für ein neues Fahrrad.

Am nächsten Tag nahm ich Søren den Ball auf dem Schulhof weg, doch er schlug mich nicht! Also zog ich ihn an den Haaren. Aber egal wie ich ihn mannopulierte – Søren wehrte sich nicht. Henning lachte und nannte Søren »Feigling«, also boxte Søren Henning in die Rippen. Sofort rannte ich hin und boxte Søren in die Rippen, aber er sagte

zu Henning: »Nach-der-Schule!« –
Ich war verwirrt.

Nach der Schule kam Henning mit blutender Lippe zu mir und fragte, was man denn da tun könne.
Ich sagte: »Mannopulieren!«
Er sagte: »Töfte.«
Also gab ich ihm die restlichen Brillen.

Als mein Vater abends in mein Zimmer kam, erzählte ich ihm, dass Søren mich zufriedenließ, wir hatten ihn voll fertigmannopuliert. Ich gab aber auch zu, dass die Mannopulation irgendwie aufgeflogen war, als Henning Sørens Vater fünf Brillen vorgelegt hatte, um das Geld für ein Manchester-Trikot zusammenzubekommen.

Mein Vater rief die Familie zusammen und sprach lange über Gier und Dummheit.

Tante Doktor

Eines Tages zog Olsen aus dem Nachbarhaus aus und nahm seine blöde Dogge mit. Wir jubelten – endlich konnten wir Fußball spielen, ohne dass der blöde Köter unsere Bälle kaputt machte.

Am nächsten Tag zogen die Johannsens ins Nachbarhaus. Die hatten keine Dogge, aber eine Tochter. Lena war älter als alle anderen und wurde sofort zur Anführerin der Mädchen. Ständig hingen die bei Lena herum, und so konnten wir in unserem Garten ungestört Fußball spielen, was wir echt granate fanden. Granate war damals das Wort für töfte, doch dann begann der Ärger ...

Am nächsten Tag kam Bo auf mein Tor zugelaufen und zog voll ab. Der Ball flog über die Hecke in Lenas Garten. Sofort ließ Bo sich auf den Rasen fallen und hielt sich den Fuß. Die Sommerferien hatte er in Italien verbracht und seitdem fiel er ständig um – aber nur wenn jemand hinsah. Ich erklärte ihm, dass er den Ball holen müsste, doch er rollte sich über den Rasen und jammerte. Es würde bald Abendessen geben, und wenn wir vorher noch weiterspielen wollten, müsste jemand jetzt den Ball holen, also ging ich los.

Die Mädchen warteten schon am Gartenzaun. Lena meinte, wenn ich den Ball haben wollte, müsste ich fünf Minuten Patent sein. Ich hatte keine Ahnung, was das war, also erklärte Lena mir, dass sie Doktor und ich krank sei, man müsse mich mal untersuchen. Das Abendessen rückte immer näher, also stimmte ich zu.

Patent zu sein, war gar nicht schwer. Ich musste mich in Lenas Gartenhäus-

chen auf eine Liege legen, und dann glotzten die Mädchen mich an, während Lena ihnen meine Krankheit erklärte. Die Mädchen kicherten und flüsterten aufgeregt. Ich schaute mich um, konnte aber nichts Witziges entdecken. Mädchen. Was war bloß mit denen los?

Als mein Vater abends in mein Zimmer kam, fragte ich ihn, was mit Mädchen los sei. Er meinte, mit Mädchen sei so einiges los und das sei doch toll. Toll? Jungs waren toll! Mädchen waren komisch! Die kicherten ohne Grund! Ich erklärte ihm, dass ich heute Patent gewesen sei und fragte ihn, was daran so lustig sei. Er meinte, das sollte ich meine Mutter fragen, und küsste mich gutenacht.

Kaum war er raus, kam meine Mutter rein. Als sie hörte, dass ich Patent gewesen war, nickte sie, ja, das sei ein wichtiges Kinderspiel, in dem Jungs und Mädchen lernen würden, dass sie unterschiedlich seien.
Ich fragte sie, welchen Unterschied sie meinte?
Sie schwieg lange, dann fragte sie mich, ob ich noch wüsste, wie ich mich neulich beim Fußball verletzt hatte.
Aber hallo, wusste ich das noch! Ich hatte den Ball voll in die Kornjuwelen bekommen und konnte den ganzen Tag nicht sitzen.
»Und das«, meinte meine Mutter, »passiert Mädchen nicht.«
Ja, wie auch, die spielten doch gar nicht mit! Also echt, meine Mutter war auch

mal schlauer gewesen, aber das behielt ich für mich. Sie küsste mich gutenacht.

Am nächsten Tag kam Bo wieder auf mein Tor zugelaufen. Ich stürzte raus und verkürzte den Winkel. Bo zog voll ab und wieder flog der Ball über die Hecke in Lenas Garten. Sofort fiel Bo auf den Rasen und hielt sich den Fuß.

Ich sagte: »Bo, steh auf, du bist nicht verletzt, du warst nur im Urlaub.« Aber Bo rollte sich über den Rasen, als wäre Godzilla auf seinen Fuß getrampelt. Ich wusste echt nicht, was die in Italien mit ihm gemacht hatten, aber er rollte sich durch den ganzen Garten. Mal hielt er sich den linken Fuß, mal den rechten.

OH, SOHLE MIO!

(AUA, MEIN FUSS!)

EINE TANZPERFORMANCE VON BO LARSSON

Mein Vater hatte mir oft erklärt, dass der Klügere nachgibt, doch ich fühlte mich trotzdem doof, als ich losging, um den Ball zu holen.

Lena erwartete mich bereits am Gartenhäuschen. Wenigstens hatte ich diesmal daran gedacht, mir Fröschi einzustecken. Während Lena den Mädchen meine Krankheiten erklärte, setzte ich mir Fröschi auf den Bauch und dressierte ihn.
Der erste Trick, den er lernte, war zu gähnen, wenn ich ihm auf den Bauch drückte, doch bald gähnte ich mit. Still zu liegen war voll öde und die Mädchen kicherten wieder ohne Grund. Ich beschloss, nie wieder Patent zu sein. Ab sofort würde Bo den Ball holen – egal wie oft er nach Italien fuhr.

Am nächsten Tag schoss Bo den Ball über die Hecke. Sofort sackte er jammernd auf den Rasen und hielt sich das Bein. Ich erklärte ihm, dass er besser den Ball holen sollte, da ich ihn sonst mit Krötenpisse foltern würde. Bo dachte kurz darüber nach, dann rollte er sich weiter über die Wiese.

Niels und ich hatten gerade eine fette Kröte im Gebüsch gefangen, als Lena in unseren Garten kam. Sie brachte uns den Ball zurück und meinte, es sei Zeit für meine Krabbenvorsorge. Wenn ich die jetzt machen würde, würden wir den Ball einen ganzen Monat lang umsonst zurückbekommen. Ich schlug ihr vor, besser mal Bo zu untersuchen, der machte auf mich einen viel kränkeren

Eindruck, aber Lena bestand darauf, dass ich mitkam, schließlich hätten wir schon einen Vertrauensbehälter aufgebaut.
Bo versprach mir, sich erst foltern zu lassen, wenn ich wieder da war, also ging ich ein allerletztes Mal mit.

Als ich in Lenas Gartenhäuschen kam, war irgendwas anders als sonst. Die Mädchen standen mit roten Köpfen herum und guckten weg.
Lena erklärte mir, dass ich für die Krabbenversorgung nackig sein musste, also zog ich mich aus und legte mich auf die Liege. Ich setzte mir Fröschi auf den Bauch und tat, als würde ich ihn wieder dressieren, aber in Wahrheit beobachtete ich die Mädchen. Die be-

deckten ihre Gesichter und guckten zwischen den Fingern hervor, manche kicherten hysterisch, und meine Schwester sah aus wie damals, als sie den schlechten Fisch gegessen hatte. Was hatten die bloß wieder für ein Problem??

Ich schaute mich im Gartenhäuschen um, konnte nichts Lustiges entdecken, doch die Mädchen kicherten immer weiter und manche gaben sogar Würgegeräusche von sich. Oh Mann ... Meine Eltern konnten noch so oft behaupten, dass ich eines Tages Mädchen mögen würde, aber ich wusste echt nicht, wie das klappen sollte. Wie konnte man es mit denen aushalten? Wie schafften mein Vater und die anderen Väter das bloß? Wobei ... Niels Vater war ja eigentlich immer auf Geschäftsreise ... und Bos Vater war immer beim Sport ... und wenn ich Tante Gertrude besuchte, saß Onkel Rasmus draußen im Gartenschuppen und guckte durch ein Fernglas in den Himmel. Wenn ich ihn fragte, was da draußen los war, sagte er: »Nix.« War das der Trick? Kam man mit Mädchen am besten klar, wenn man weg war?

Als mein Vater abends in mein Zimmer kam, erklärte ich ihm, dass er auch mal bei mir pennen könnte, wenn er Ruhe vor meiner Mutter brauchte. Er bedankte sich und küsste mich gutenacht.

Kaum war er raus, kam meine Mutter rein. Ich erklärte ihr, dass ich nie heiraten würde, weil ich echt keine Lust hatte, später im Schuppen leben zu müssen. Meine Mutter meinte, dass Onkel Rasmus bekloppt sei und es für alle besser sei, wenn er im Schuppen bliebe. Ich sollte einfach so werden wie mein Vater, dann würde alles gut gehen, auch mit Mädchen. Sie küsste mich gutenacht.

Als sie raus war, lag ich lange wach und dachte nach. Wie wurde man so wie sein Vater? Und was sollte ich tun, wenn ich doch ganz anders werden würde? Musste ich dann im Schuppen sitzen wie Onkel Rasmus? Da gefiel mir das Leben von meinem Vater doch besser, obwohl er mit meiner Mutter zusammenleben musste. Er schien sie ja irgendwie zu mögen. Sie lachten viel und das fand ich eigentlich toll.

Plötzlich ging mir ein Licht auf! Ich würde später einfach genauso leben, wie meine Eltern! Wenn ich schon mit einem Mädchen zusammen sein musste, würde ich sie einfach den ganzen Tag zum Lachen bringen, und wenn sie darauf keine Lust hatte, konnte sie sich in den Schuppen setzen. Na, endlich hatte ich einen Plan. Erleichtert drehte ich mich auf die Seite und schlief endlich ein.